ISBN : 978-2-211-06144-5

Première édition dans la collection *lutin poche* : février 2001

Loi numéro 49 956 du 16 juillet 1949 sur les publications
destinées à la jeunesse : mars 1999
Dépôt légal : juin 2011
Imprimé en France par CPI Aubin Imprimeur

Grégoire Solotareff

3 Sorcières

lutin poche de l'école des loisirs
11, rue de Sèvres, Paris 6e

Il y avait une fois trois sœurs qui ne riaient jamais.
L'une s'appelait Scoliose,
ou Scolly, parce qu'elle était un peu tordue.

… la deuxième s'appelait Squelette, ou Squelly, parce qu'elle était aussi raide, petite et laide que le cadavre desséché d'une souris embaumée par des Égyptiens depuis quarante siècles.

… et la troisième, Scorie, ou Scory, parce qu'elle trouvait ce nom affreux tout à fait à son goût.

Comme elles s'ennuyaient, elles décidèrent
de fonder une association qu'elles appelèrent « 3 S ».
S comme Scolly, Squelly et Scory, bien sûr.
S comme Sœurs, mais surtout, S comme Sortilèges,
Strychnine et Séquestration, ou comme Serpents,
Soupiraux et Sépultures, ou Scorpions, Sarcophages
et Sanglots, ou encore Salissures, Scolopendres et Scarabées,
ou même : Subjonctifs, Satisfaisant-Mais-Peut-Mieux-Faire
et Suppositoires.
Personne ne les voyait jamais. Tout le monde en avait peur.
Le maire avait même décidé que le bus scolaire
ne devait pas s'arrêter à proximité de leur maison.
Ce qui n'était pas très malin, car les enfants du voisinage
étaient obligés de marcher un bon moment
à découvert pour rentrer chez eux.
D'ailleurs ils ne marchaient pas, ils couraient.

Un après-midi, alors qu'elles observaient les enfants du haut de leur colline, les trois sœurs en remarquèrent deux qui ne couraient pas.

« Ces deux-là sont horriblement mignons, non ? » chuchota Scolly en faisant la grimace.

« Si on les transformait en poux ? »

« Et si on les mangeait ensuite ? » fit Squelly.

« Regardez-moi ça ! Ils se tiennent par la main, c'est incroyable ! » murmura Scory.

« Donnons-leur une raclée ! »

« Écoutez-moi ça ! » continua Squelly. « On les entend rire d'ici. Ça me dégoûte. »

« Allons-y ! » dit Scolly en crachant par terre.

Elles se précipitèrent sur les deux enfants,
les enveloppèrent dans des couvertures
avant même qu'ils s'en aperçoivent,
les ligotèrent et les emportèrent dans une brouette.

Arrivées chez elles, elles jetèrent les deux enfants
sur un divan et se mirent à leur poser les questions
qu'elles se posaient depuis toujours – en se cachant
pour ne pas trop les effrayer avec leurs yeux
qui semblaient prêts à sortir de leurs trous
comme des crapauds gluants.
« Premièrement », dit Squelly en se retenant à peine
de vomir, « pourquoi êtes-vous si gais ? »
« À quoi ça sert de se tenir la main ? » gémit Scory.
« Qu'est-ce que ça veut dire : de *bonne* humeur ? »
demanda Scolly.
« On ne peut pas répondre à ces questions
quand on est ficelés comme des rôtis ! »
dit la petite fille, calmement. « On peut à peine respirer. »
« Et montrez-vous, au moins », ajouta le garçon.
« Qu'on fasse connaissance. »

Après un rapide conciliabule, elles décidèrent de les détacher. Car elles devraient peut-être les garder plusieurs jours, et l'idée de les nourrir à la cuiller leur soulevait le cœur. Lorsque les enfants les virent, ils trouvèrent Scory vraiment drôle, avec son regard furieux, Scolly avait l'air plus malheureuse que méchante et Squelly leur sembla si maigre et si petite que non seulement ils ne pensèrent pas une seconde qu'elle pût leur faire du mal, mais ils la trouvèrent *mignonne*. Ce qui était un peu exagéré.
« Qui êtes-vous ? » demandèrent les enfants qui le savaient très bien.
« Les 3 S !!! » s'écrièrent d'une seule voix Scolly, Scory et Squelly.
« Ah bon ! On a cru un instant que vous étiez des sorcières ! » plaisantèrent les enfants. Les trois sœurs se regardèrent, interloquées, puis se mirent à rire bruyamment.
Elles s'arrêtèrent aussitôt car elles avaient mal aux côtes et aux mâchoires : c'était la première fois qu'elles riaient depuis qu'elles étaient petites. Le calme revenu, les enfants se présentèrent : Didi et Lolo. Ensuite ils réclamèrent un goûter, comme s'ils étaient chez leurs grand-mères.

Elles acceptèrent, impatientes de connaître les réponses
aux questions qu'elles se posaient depuis toujours.
Elles se rendirent à la cuisine.
«Je vous ai vues rire ! » dit Squelly. «Vous avez dû attraper
la *rigolade*. Je crois que c'est contagieux. »
« Toi aussi tu as ri ! » dirent les deux autres.
« C'est bien ce que je disais, c'est contagieux ! » dit Squelly.
Comme elles n'en avaient jamais préparé de toute leur vie,
le goûter fut un peu bizarre : il y avait des biscuits à la rose
et au citron, du jus de tomate sucré,
des scones à la pomme de terre et d'autres choses
bien plus étranges encore.

Ensuite, elles posèrent pour la seconde fois leurs questions :
« Eh bien … », dit Lolo. « On se tient par la main parce que … »
Et il se mit à rire.
« Oui ? » dit Squelly.
Les deux enfants se regardèrent et se mirent de nouveau à rire.
« Mais pourquoi êtes-vous si joyeux, à la fin ? » explosa Scory.
« Parce que le goûter est bon ! » répondit Didi.
Les trois sorcières restèrent muettes.
« On ne peut pas répondre à toutes vos questions
en une seule fois », reprit Didi.
« Et là, il faut qu'on rentre chez nous », dit Lolo,
« sinon nos parents vont s'inquiéter. »
« On peut revenir demain ? » demanda Didi.
Les trois sœurs devinrent rouges comme trois vieilles tomates.
C'était la première fois que quelqu'un avait envie de les voir.
Lorsque les enfants furent partis, elles regardèrent
leurs joues colorées et cela leur donna une idée : dorénavant,
elles allaient mettre des robes plus gaies, ainsi les enfants
n'auraient plus peur d'elles et elles pourraient les attirer
très facilement.

Elles se rendirent immédiatement en ville
pour acheter des habits de toutes les couleurs.
Sur le chemin du retour, Squelly vit Scory et Scolly
se tenir par la main.
« Qu'est-ce que vous faites ? » s'écria-t-elle.
« Vous êtes folles ? »
« Oui », répondit Scory. « On est folles ! »
« Comme toi », hurla Scolly, « espèce de vieux cornet de glace ! »
« Cornet de glace toi-même, vieux sapin de Noël », dit Squelly.
Et toutes les trois éclatèrent de rire.
Mais cette fois, en mille morceaux.
Ce qui arrive, malheureusement, quand on ne rit pas
assez souvent.

Et comme c'étaient de vraies sorcières,
Les morceaux se recollèrent,
Mais pas exactement
Comme avant.
Leurs bouches se mirent à l'envers
Et elles riaient tout le temps.